LE REVEIL D'APOLLON,

PROLOGUE EN VERS LIBRES,

REPRÉSENTÉ à l'ouverture de la nouvelle Salle des Spectacles de Lyon.

M. DCC. LVI.

ACTEURS.

APOLLON.

MERCURE.

L'INDUSTRIE.

La Scene se passe dans la nouvelle Salle des Spectacles de Lyon. Le Théatre représente un Palais.

Pour une entreprise si belle,
Il falloit, je l'avouë, un plus noble Pinceau ;
Si le mien s'arrête & chancelle,
S'il a mal coloré le plus riche Tableau,
C'est que trop souvent l'Art ne répond point au zèle.

D * *.

LE REVEIL
D'APOLLON.

SCENE PREMIERE.

APOLLON *seul, se réveillant.*

JE n'ai pu résister au pouvoir du sommeil ;
Entraîné malgré moi... Mais que vois-je ? est-ce un songe ?
Est-ce une illusion où mon esprit se plonge
        Pour m'étonner à mon réveil ?
        En vain je cherche à reconnoître
        La vérité d'avec l'erreur,
Ces lieux ont plus de goût, d'éclat & de grandeur,
        Que ceux où je commande en Maître.
        Ouvrage digne des Romains,
Sans sçavoir où fixer mes soupçons incertains,
        Qu'à vous voir je ressens de joie !
Peut-être quelque Dieu vous forma de ses mains,
Comme Neptune, & moi, nous relevâmes Troie.
Ce Palais à des jeux semble être consacré ;
Quiconque en fit le plan se voit comblé de gloire,
Puisque le goût du beau, ce goût si révéré,
        Remporte une entiere victoire.

SCENE II.

APOLLON, MERCURE, *survenant.*

APOLLON.

QUE vois-je, Mercure en ces lieux ?
Quel deffein le conduit ?

MERCURE.

J'examine, j'admire,
Et tout me fatisfait.

APOLLON.

Ne pourrez-vous m'inftruire
De ce qui frappe ici mes yeux ?

MERCURE *examinant la Salle.*

Qu'il eft beau de tenter des projets glorieux ,
Lorfqu'on fçait fi bien les conduire !

APOLLON.

Pourquoi fufpendre encor mes defirs curieux ?
Parlez : où fuis-je enfin ?

MERCURE.

Dans un lieu favorable,
Où les Arts renaiffants triomphent chaque jour.

APOLLON.

A qui doit - on l'éclat dont brille ce féjour ?

MERCURE.

Aux soins d'un Sénat respectable,
Qui gouverne le peuple en gagnant son amour.
Il reçut de Thémis la plus juste balance,
La plus utile autorité ;
A l'abri fortuné de cette dépendance,
Le Commerce & les Arts croissent en sûreté,
Leurs fertiles rameaux procurent l'abondance.
Quel cœur n'admire pas avec reconnoissance
Un Tribunal où l'on dispense
Les loix & la félicité ?

APOLLON.

Mon œil perce enfin le mystère ;
Il n'est aucune illusion
Qui puisse résister à ce trait qui m'éclaire ;
Mercure, je suis à Lyon :
Tout me fait reconnoître une Ville si chère.

MERCURE.

Vous ne vous trompez point.

APOLLON.

Falloit-il me cacher
Qu'en ces lieux les talents s'élevoient un trophée ?

MERCURE.

Pour vous y transporter j'avois gagné Morphée ;
Cette surprise enfin doit-elle vous fâcher ?

APOLLON.

Non, c'eſt au plaiſir ſeul que mon ame ſe livre ;
Tout nous annonce ici le plus noble deſſein.
    Ville heureuſe, que dans ton ſein
    J'entrevois d'exemples à ſuivre !
    Ces Légiſlateurs bienfaiſants ,
    Dont la mémoire eſt ſi chérie ,
    Aux travaux les plus importants
Mêloient toujours le ſoin d'embellir léur Patrie ;
    Quel honneur pour l'humanité !
    Qu'il eſt doux d'orner ce qu'on aime !
Plus d'un chemin conduit à l'immortalité :
    Mais la gloire eſt toujours la même.

MERCURE.

Du Commerce & des Arts ſignalé protecteur,
Jugez à votre tour ſi Lyon m'intéreſſe !
    Qu'un portrait émané du cœur
    Soit le tribut de ma tendreſſe.

(Ici l'Induſtrie paroît au fond du Théâtre.)

MERCURE *continuant.*

Cette Ville au dehors enchante nos regards
    Par l'air de grandeur qu'on découvre ;
Pénétrez plus avant : c'eſt le berceau des Arts ,
    Le Temple du travail qui s'ouvre.

Deux fleuves, pour la mieux servir ,
S'impofent dans leur courfe une utile harmonie ;
C'eft là que l'Opulence ofe enfin s'applaudir
D'être l'heureux fruit du génie.

SCENE III.

APOLLON, MERCURE, L'INDUSTRIE.

L'INDUSTRIE.

JE garantis l'éloge exempt de flatterie ;
Ce n'eft pas même en dire affez.

APOLLON, *parlant bas à Mercure.*

Que veut-elle en ces lieux ?

MERCURE.

Quoi ! vous méconnoiffez
La Déeffe de l'Induftrie ?

L'INDUSTRIE.

Du Seigneur Apollon j'efpérois plus d'accueil.

APOLLON.

Déeffe, pardonnez dans cette circonftance....

L'INDUSTRIE.

Les vrais talens , dit-on, n'infpirent point d'orgueil :
Vous ranimez ma confiance.

APOLLON.

Ah! ce défaut chez moi pourroit-il s'excufer ?
Aux éléves des Arts je dois donner l'exemple ;
Et je rougis quand je contemple
Combien l'orgueil fçait encor abufer.
Tout autre en vous voyant auroit pu fe méprendre ;
Il femble que le temps augmente vos attraits,
Et vous êtes mieux que jamais.

L'INDUSTRIE.

A ce difcours flatteur je devois peu m'attendre :
Cependant j'avoûrai que je reçus du fort
Un privilége , un avantage ,
Que chaque femme envieroit fort ;
Le Temps, ce maître altier, ce tyran de tout âge ,
Cimente mon Empire, & l'étend davantage.
Lorfqu'en ces murs chéris la Gloire m'amena ,
De mes vaftes projets mon efprit s'étonna ;
Mes premiers fectateurs vingt fois fe rebuterent :
D'autres enfin leur fuccéderent,
Que le Dieu du Goût couronna.

APOLLON.

Déeffe , j'ai lieu de me plaindre ,
Sur le double vallon vous venez rarement.

L'INDUSTRIE.

S'il faut parler fincérement ,

Les Muſes ont ſçu m'y contraindre.
Trop de diſtinction des Arts & des talents ,
Peu d'effet, beaucoup de critique :
Voilà quelle eſt depuis long-temps
De mon exil la cauſe unique.
Je préfére au Parnaſſe un fortuné ſéjour ;
Cette Ville, ſes murs deviennent ma patrie.
Quels climats n'ont point vu triompher l'Induſtrie
Par de nobles travaux variés chaque jour ?
Envain la ſombre Jalouſie ,
Envain le Dieu de l'Intérêt ,
Des peuples ſes voiſins animent le génie ;
Foible imitation , chimérique projet ,
Qui d'un original parfait
N'a jamais pu produire une exacte copie.
A P O L L O N.
On ne peut s'oppoſer à des nœuds ſi puiſſants ;
Reſtez en ce ſéjour où votre gloire éclate.
Que dirai-je de plus ? moi-même je me flatte
De m'y voir enchaîné par des ſuccès brillants.
Je veux que chaque Muſe à ce deſſein propice
Signale pour moi ſon ardeur ,
Et qu'un Parterre juſte , autant que connoiſſeur ,
Objet de leurs efforts , enfin les applaudiſſe ;
Il n'eſt point de prix plus flatteur.

Quelques éloges que mérite
Cet amour du travail , ce noble attachement,
La Nature elle - même invite
A jouir du délaſſement.

(*Alluſion au rideau.*)

Lorſque bornant enfin ma courſe utile au monde ,
Je deſcends chaque ſoir de mon char lumineux,
Le Palais de Thétis m'offre un aſyle heureux ;
C'eſt là que retiré ſous l'onde,
Au flambeau du plaiſir je ranime mes feux.
Des concerts les plus doux les voûtes retentiſſent ,
Les Tritons même s'attendriſſent
Quand les Nymphes forment des jeux.

(*En s'adreſſant aux Dames.*)

Pour vous , le plus parfait ouvrage
Dont jamais la Nature eût lieu de s'applaudir ;
Sexe aimable & charmant , objet de notre hommage ,
Voyez ſouvent ces lieux , venez les embellir ;
L'art de plaire eſt votre partage :
Où pourriez-vous mieux en jouir ?
Où brilleriez - vous davantage ?
Ce ſont vos regards ſéduiſants ,
De l'Amour tendres interprétes ,
Qui de mes favoris conſacrent les accents ;

C'eſt là qu'ils puiſent en tout temps
Ce feu divin, ces traits touchants,
Qui de lauriers ornent leurs têtes.

(En s'adreſſant au Public.)

Seul arbître du goût, éclairé Spectateur,
C'eſt vous qu'en ce jour je réclame;
Accordez aux talents l'appui le plus flatteur;
Déſormais ils prendront une nouvelle ardeur.
Plus le concours eſt grand, plus leur zèle s'enflâme.

L'INDUSTRIE.

Puiſſent vos vœux être comblés!
Puiſſent des Citoyens dignes de tant d'eſtime
Être ici ſouvent raſſemblés!
Montrons par des ſoins redoublés
Que le même eſprit nous anime.
Lorſqu'avec tant d'éclat, en faveur des talents,
Ce nouveau Palais ſe décore,
Les plus nobles ſuccès devroient ſans doute éclorre
De leurs tranſports reconnoiſſants.
Si l'effet quelquefois trahit notre eſpérance,
S'ils ne ſatisfont pas toujours,
D'une favorable indulgence
J'implore pour eux le ſecours.

Ici du Dieu du Goût la puiſſance affermie
 Fait bientôt diſcerner leur prix.

 (*En ſe tournant vers le fond du Théatre.*)

Vous qui les cultivez, raſſurez vos eſprits,
 Puiſqu'au goût la bonté s'allie.

MERCURE.

Déja l'on ſe prépare à célébrer les Jeux
Qui doivent couronner cette heureuſe journée.

APOLLON.

Aux tranſports les plus doux mon ame abandonnée
 Forme encor cependant des vœux.

MERCURE.

Expliquez-vous.

APOLLON.

  LOUIS, cet auguſte Monarque,
Ne peut trouver ailleurs des Sujets plus zélés ;
Sur le marbre & le bronze avec art travaillés,
N'en laiſſera-t-on point quelque durable marque ?

MERCURE.

Lorſque de ſes Sujets un Prince eſt adoré,
Tous les cœurs à l'envi lui dreſſent des Statues ;
De vœux & de tranſports elles ſont revêtues :
Quel monument de l'Art leur ſera comparé ?

Il n'est aucun genre de gloire
Dont L O U I S ne foit couronné ;
Au dedans les vertus, au dehors la victoire
Ne l'ont jamais abandonné.
Attendri fur le fang que fait verfer la guerre,
Après avoir long-temps fignalé fa douceur,
Il vient de montrer à la terre,
Comme un grand Roi punit un injufte Agreffeur.
Pour le faire en ces Murs adorer davantage,
Une illuftre Maifon a reçu d'âge en âge
Le droit d'y gouverner en verfant des bienfaits ;
Digne choix des Bourbons, précieux héritage !
Qui rend tous les cœurs fatisfaits.

F I N.

9 782019 316839